流放中的金镶玉

上弦月想你 著

合肥工業大學出版社

自 序

金锁玉的诉说

金锁玉，是一种灌木，又名紫背桂。出版这本诗集，是我几年来执着的念头，这些诗为一个人而写，也因他而写，只有诗一样的文字才能舒缓我心里像被结石一样的硬物摩擦得疼痛不已的情愫。

我不想给我的诗冠上忧伤情诗的头衔，它们只是一个人说另一个人的故事。

在《做一次诗人》中，我写道：我永远做不了诗人。这个世上，我崇拜的诗人是拉宾德拉纳特·泰戈尔，他让我学会了用诗的眼光欣赏这个世界，留意这个世界上有着世人难以察觉的美，我在他的诗中成长，长成了一个活在诗意里没有沾染人间阴暗的人。

八年前，深爱我的人离我而去，他叫北落，他是因为我离开了这个世界，在那缕携着他灵魂的轻烟从我眼里消逝时起，自责、追悔就一刻不离地伴随着我。最初的三年，我只有在像诗一样的文字里倾诉，才能让自己的呼吸从黑夜苟延到天明。第一辑，是我忏悔的心声。

然后，我离开了家乡。异乡三年，为了走出那段记忆，我每天应付着忙碌得不能喘息的工作，空闲时上网，我开启了宣泄式的网络生活模式，《白果林的守候》是我混迹网络的写实。

北落没有爱够我，走时，我半天阖不上他最后注视我的眼，为此，我的心被一块石头严严实实地压住，我搬不开那块石头。那三年，我化身为他，以为可以找到一个像年少时的我一样的女孩，可以替他将爱延续下去。我换了一个身份，在网络里高调现身，可是，世界上不可能有另一个我，我无法替他行使爱。

异乡三年，网络三年，我依旧没有走出那段记忆。第二辑和第三辑，是我角色转换和内心挣扎的写照。

2015 年返回家乡，回到存放他灵骨的城市，在与墓碑上照片里的他四目相对的那一刻，我的心彻底沉静了下来。

我心回归。

离开那个我的人气最高的网站。

不再自责和忏悔。他那么爱我，他不会愿意我活得不快乐，我要做回他熟悉的那个女人，在安静和孤独中以怀念的方式走完我的一生。第三辑的很多诗体现了我这种心态。

在我心里，平水韵是我唯一认可的古典韵律，这种观点有些狭隘，但没办法，我只认它。我不轻易填词，怕亵渎了古典文学的美，每次读古代名家的诗词，都觉得应该先“焚一缕暗香，弹一支轻曲”。本诗集收录了我的26首古诗，有现实版的怀念，有另类身份的落拓不羁。

以两篇日志表述我出版这本诗集的初衷。

2009年10月16日　继续为你美丽

五个月，我将自己埋在深深的忧伤中，不想让自己走出来，不想让自己接触外面的世界。我每天守在家里，守着迷信传说中的另一个世界的你，每天对着电脑发呆，已经很长时间不能做任何事情。曾经爱听的那些悲伤歌曲，自你走后，不敢去碰触。我看着镜中的女人在消瘦，在憔悴，在慢慢苍老，不想做任何努力。女为悦己者容，我容了给谁看呢?

可我知道我不能这样。走在校园里，我不想接受任何带有同情的异样的目光，就像我这几年来不接受任何学生的看望和安慰一样。我是我！不允许别人看到我的忧伤和绝望！不允许别人看到我因为你的离去而发生的任何变化！曾经，那么多的人羡慕着我，因为有你在身边，我要这种感觉继续存在。你永远在我身边，我永远不孤独。

所以，北落，让我继续为你美丽，让我继续为你保持一颗美丽的你爱的心。

所以，现在我来到这里，来到这片不曾开垦过的QQ空间，梳理因我的冷落而荒凉已久的心情，让我以写下这第一篇日志为标志，恢复往日与你相伴的那个我。那个深夜上网，一边听爱尔兰风笛，一边写博客的狂人；那个你说因为我的慧气和单纯而爱上的另类；那个心理始终停留在大学时代，常常做与年龄无关的事的疯子。

北落，让我继续为你美丽，为你，将一切定格在我们共同走过的最美好的时光里。

2009年11月16日　除了想你，我还能做什么？

那天，一个本该平淡但因为你而变得异常沉重不敢拾起的日子，一场说不清道不明没有任何预兆的雨稀里哗啦降临，我的心随之洪水泛滥，并因为眼里一直找不到决口而至今在心里汪洋一片。

那场从中午你开始呼吸困难下起，到傍晚你艰难地离去的那一刹那戛然停止的雨，来得如此蛮不讲理，去得如此不可思议。

彼此眼里最后的那一刻，我们抛弃语言抛弃行动抛弃所有无能为力的医疗械具，我们拒绝所有亲人的眼泪无声地默契地各自将自己分身：

一个你安然地从病床升起向时空之外飘逸，另一个你正从纸张泛黄的少年日记里向我跋涉而来。

我吩咐灵魂去往天堂的方向追逐你，追逐我们今生未完的情缘和你没说出口的来世的约定，而我的肉体，我将它沉入泪水浸泡的未来深渊里，安静地等候从旧日时光赶来的健康明朗年少的你。

今天是你离去半年的日子。你的笑容依然灿烂于我生活中的每一个细节，在你精心设计的家的空间里，我总是试图用余光窥视到你：你从房间里走出；你坐在沙发前赏热带鱼；你看着镜中的我，要我编长长的麻花辫；你夹着篮球夹着风尘打开家门……我确信我能窥视到你。你就在家里在我近旁灵巧地躲开我一次又一次想看到你的目光，让我想你时无声地流泪，让我想你时甜美地微笑。

北落，除了想你，我还能做什么？

上弦月想你

2016 年 12 月 16 日

Contents

目　录

第二辑 我非浪子

第三辑　孤独写意

第四辑　古韵里的上弦月

Liufangzhong
De Jinsuoyu

第一辑　你用生命写爱

小序（摘自北落记事本）

半夜睡不着，我坐在床上，手里是你的日志本，带着时光落下的光泽。不想翻开，不想再在泛黄的纸张上留下我的叹息。

梅初，你是在那一朵梅花迟迟不愿落到你父亲脚边的早春来到这个人间，你是在那一朵梅花倔强地不愿落进我手心的那一天跃入我的视线，从此，我便不能安心地让你待在没有我的世界。

我拥有着你，像拥有着我自己，我的生命只要不化为灰烬，就不能失去你。

可是，在残酷得让我逃都逃不开的现实面前，我只能无望地爱你，在爱你的缝隙里梳理我狼狈的模样。

我逃不开，因为许下过的诺言要兑现；我更逃不开，因为众口铄金会湮灭你，只有我能保护你。也许今生我只能服从命运的安排，只能拥有一份带有缺憾的爱。

我不与命运做任何的抗争。

为你所做，不需回报，无怨无悔。

我要是一块大理石就好了

我要是一块大理石就好了
当你以粉白的骨的形态出现
我变成那个汉白玉的方盒
揽你在怀　像你第一次紧紧拥住我
我们一起躺到湿润的地层里

或者，我可以变成碑
陪伴你的墓魂
我也可以变成墓的围栏
夜露打湿我冰凉的臂肘
我们栖息在鸟儿的窠乡　夜虫的眠歌中

没有亲人前来的日子
我们就下棋吧（我还得赖皮哦）
我们就垂钓和嬉戏吧
你说野地真好，我在身边
我们的种子自由飘荡，风是它的翅膀

墓魂：民间说人的三魂之一守墓。

日子像石头一般坚硬

心被泪水浸泡
时间长了，
发出腐尸的恶臭
日子受着熏染
时间长了，
像石头一般坚硬
我捂着鼻子
在日子里磕磕碰碰
发着恶臭的石头
敲打我的躯壳
没有你的日子
我遍体伤痕，双眼流血。

秋日思语

没有梦境的刻骨思念
隐忍在白天和黑夜
潜入
时空的边缘，季节的轮回
空气中有吉他轻弹
似有若无　是你的低吟

传说眼角的余光
能捕捉你
我的失望飘上落寞的云端
飘向　星空深蓝的尽头
日子有坟墓的清凉
我只在风中，嗅到你的呼吸

一些期许随秋天的潮湿消失了
一些幻想随细雨的降临消失了
只有往事清醒地
深邃地
在月色里燃烧
花草睡了　诗泪成行

绝望的时候真想抽烟

臆想是漫长的夜里一叶孤舟
我是唯一清醒着　想渡过彼岸的人
彼岸　你在少年的塘边
垂钓　有夜莺清悦的歌声
有曼舞的水草搅碎水中的月光
秋虫在远处的稻田里
长一阵短一阵鸣唱。
我听到你的口哨声
来自从未消逝的往日
那分明是你的呼唤
可我们只能在夜的两岸
感觉着　看不见对方

黎明之前我只能无助地想你
黎明之后我将被俗事包裹
突然很想抽烟
不是因为心烦，或失恋
心里空空的，渴望
在微弱的末路的火光里自焚
臆想中买了最劣质的烟
（我发誓不是为了省钱）
大口地将尼古丁吸进肺里

再将自己卷成一根同样的烟
边吸　边看自己一寸一寸
变短　看自己将自己毁灭

既然心空了，那就彻底空吧
既然没有指望了，那就绝望吧
可我不能抽烟：
揣度的目光会乱改我的心思，
世人的流言会溅出很远。
不能抽烟的我像一块沙碱地
只长柽柳　越繁茂
越显荒芜。柽柳细长的手上
爬满我不能释放的思念

绝望的时候真的好想抽烟！

我在五月飘香的季节想你

油桐花，开在春夏交替的五月，美丽得出人意料，在最成熟美丽的那一天掉落凡尘，缤纷的落英犹如白雪纷飞，所以又叫五月雪。你选择了这样玉雕般高贵纯粹的季节离去……

谁在敲打我的窗
五月的风飘过
捎着那些悄悄绽放过
又悄悄衰败了的花
思绪忧郁的末梢
闻不到一缕清香
我说我爱你
爱无归路
我的忧郁带着这些想法
四处流浪
一些传说关于你
在油桐盛开的季节流淌

五月里你匆匆别去
仿佛所有故事已经终结
可是来年的今天
你离去的又一个五月

当阳台上的杜鹃谢了
忍冬白了一片又黄了一片
那棵纤细的文竹
在一汪翠绿中露出妩媚
往事和尘缘的锁终究太柔软
我无法面对它们说我不想你
思念不能返乡
离愁在这个季节开成了朵朵
清素的油桐花

让我们走好吗？

眼前
因为有你　我存在
我被你滋润
如那个季节里初生的芽
生命由此娇脆
并且汁浓欲滴

可我不知道
终究　你是要走的
我将被你伤害
像远方汶川的地震
你是那片无法挖掘的废墟
我是上面那声沉重的叹息

所以让我们走好吗？
你向左，我向右
不要回头
只把爱留在吻别的原地
只要生命还在你就回来
收获一茬
再播种一茬

祭　献

清冷凛冽的夜
好想抱着旧日的吉他
对着似曾多情过的月
翻弹一首十八世纪的古老民歌

可我什么也不能做
除了让美丽而绝望的文字
在渐渐变短的灯芯里
无病呻吟地抽泣

我的眼里没有泪
西比尔预言
我将死于神秘剧情
春天是它的序曲

不过 Odhinn 将让我呼吸
Haenir 将恢复我的知觉
Lothur 赐我血液与生命的色彩
我用思念的疼痛拒绝他们的救赎

清冷凛冽的夜
我只想带上旧日的吉他
在弗丽嘉项链的光环里
将自己祭献给你

你在那里等我

亲爱的，你在那里等我
那里很遥远，比远方，更远
我好想你
思念的影子拉得太长　无家可归
只好躲在紫薇树的背后
像个孩子似的
哭

用一克拉的泪想你
梦如冻伤的候鸟无力南飞
我终于明白
有些事　改变了就不能再复原
目光再追随
也不过像一路生根的杂草
疯长　最终仍输给遗憾

而你在触不到的那里
那里太遥远，比死亡，还远。
所以，我决定戒掉这么久的安静
决定呼啸着上路
沿着你走过的脚印
用一首歌的风情　种一路的牵牛花
花藤　围绕着我们生长

夜　曲

夜的腹地
子规　或许是其他鸟的叫声，
无关紧要。灯下
旧日志打开胸衣
任我的目光
在它的胸前游走

困意如蠕虫在脸上爬
浓茶向胃里倾倒
咖啡因奸淫疲乏的神经
这些虚无的忙碌
让眼袋变大，瞳孔发亮
如昼

回忆睡了
我抚摸日志的乳房　你
坐在橘黄色的灯光下
温柔地笑
你用沉默拥抱我的孤独
夜再深，我不寂寞

绿　蛾

在寂寞的夜的胸膛
总有一双固执的眼神穿过
正如在人海的沙漠
总有一行落单而执拗的脚印
一直往前，向着夜的尽头，向着彼岸

可它们渐渐地轮廓模糊
渐渐地被白昼
第一缕青光　覆盖
那行苍凉的脚印
那双不愿阖上的眼睑

阳光下骑单车的人群里
他们休想再找到真实的我
我是在你走后
就皈依了 Nyx 的　一只绿蛾
只为了看你一眼　蛰伏于每一个暗夜

明天，又一个清明节

故事的真相早被离去的时光带走
我还借着微弱的想象每天张望
福音书里说，一个人走了
他会在你心里放一株绿萝
绿萝饱满着，你的回忆
就会在绿意中绵延不绝
可思念也有累的时候
我给思念按摩，手法像自杀一样庄重
思念只能在死去时休息

将过往的日历往前撕
撕了一页又一页，什么都不曾改变
除了少了你的脚步声
为了证明一切真的没变
我有意开灯，一次，两次……
记忆在灯光下手足无措地尖叫
坚忍的泪水，冲破内心破败的花园。
我备好一套黑白行装
力图与明天的风景匹配

白天，孤独。夜晚，
抵达另一份孤独。

月亮在黯淡的林间寻找它的颜色
鸟儿不期然的鸣叫破窗而入
绝望，在灵魂里隐蔽
脸上，还是照旧的坦然。
已没有一场别离能让我哭泣
也没有一场违约不能原谅
明天，我不想听到鸟的缺席

生命变得如此这般

燕子栖息的屋檐下
我曾对你说
真情不怕寂寞
在寂寞中品味孤独
在孤独中走过一生
昨夜，你掠过梦境走近我：
既然千年守候
那就答应我
别再让生活忧伤

千年守候，纵然忧伤
何妨？我不会老去
岁月不许从我的鬓角
抽出花白的诗行。
在你前来的那一天
我要绽放出
我的婀娜　我的干净
我的轻盈碎步
我的纯真笑颜

千年守候，纵不老去
可我多愿

我们的过去是一片空白
当年先知死了
没有告诉我那一页的纠缠
换来九百九十九页
寂寞空行
我从此只能用眼泪
证明生命的意义

其实风声先期抵达过
我仗着年轻
固执地以为　你的荫庇下
我可以头脑单纯
快乐生活。
向你透支所有的幸福时
我没想过如果一个人了
怎么抵挡以后的悲秋
命运由此变得　如此这般

此爱
永无结局

思绪如麦芒般刺透　一座城市的心脏
哀愁却穿不过细雨缠绵的下午
脸上冰凉的表情
足以影响六月的节候

手里捧着两年前没有合上的书
影子在窗灯下摇曳
寻找一些情节的起伏
关于你，关于我，关于你和我

夜鸟的鸣叫太残酷
竟然让一个清晨提前来到楼顶
我扶着尚未进入的梦
手心里　攥着你的疼痛

死亡饮干了你全部的哀伤
你的安详带着年少的模样
在远方等我。我很想追上你
却找不到像你一样大病一场的理由

只好渴望异乡的梅雨
在离乡背井的疲顿里向风诉说

爱过，伤过，哭过，笑过
放弃过又和好如初

此爱永无结局

七月半——农历的纪念

这不是一个适合抒情的时代
夕阳带着与生俱来的离意
七月半　天空中一朵云的叹息
火硝的气味，烟花
为纪念亡灵，
在黄昏中束腰。
我在空无所依的房间
用眼泪给你的手机号发信息：
你收到吗？我想你。
这个尘世让我摧毁了你
这个尘世让你孤单了我
无限怜悯的哀歌
比寒冷更寒冷　比梦里更残忍

坐在记忆里　一个无意的回头
美丽的瞬间顿时茫然一片
我总在想一个深奥的问题：
我来此人间定有缘由
那个有月光的夜你向我告白
也定有缘由
月光恋曲就是不幸的传说
我除了看月亮升起，再无处可去

玻璃那边的风景
被风无声地碎了一次又
一次。夜了。我止住眼泪。
我不流泪不等于我冷酷
我不流泪不等于将这个日子敷衍过去

宿命的传说

今天是你离去的日子，我在异乡，下雨了，像你离去那天的雨一样大。我坐在你当年离去时的时段里，数着时段里的每一秒……

我一向光阴虚度
所以心情潦草
记录零碎
但瞬即到来的这一刻
重现完整的画面
夹泪带雨的那个下午
从此构成我每天的生活
那天，你我相对，不舍

听说家乡今天真的有雨
像那天你离去时一样吗？
宿命的信使冲我冷笑：
如有雷同，纯属巧合。
于情理之中和意料之外
我其实都没有悲哀
任何死亡
不过是在另一场合的等待

你在另一个地方等我
那场暴雨载着我
西风撑渡，浮云把桨
残星在弥留之际
河边的白檵木忘记开花
我努力向你靠近
寂寞的深度
和拉巴斯的海拔高度一样

再过去一小时
生活又会变成枯燥和琐屑
卑下的常态
像老城西的小自由市场
每日里啜饮烈酒
对着食堂的饭菜说话
听到的回音
对我的生活是一种蔑视

这一切只因为没有你
我心理失眠，精神贫竭，
只能大叫，喊痛
两米外的恐怖被我惊醒

它嘟囔着：如果可以
请关掉你的声音。
我笑：
我的新潮举径，你管得着吗？

我的生命停驻那一天

四年前的今天
我停下了生活的脚步
哀愁的外衣下
灰色的记事本里
悲伤从此很美丽
晨昏日月，春夏秋冬
拖不动我孤单的身躯

那天谁都看见
你将我最后装进眼里
携着我未老的容颜离去
为此，我写下一份证词：
来日与你重逢
一定不会老去
不会老得　你不愿相认

为此我的生命停在那一天
绕开单向的人行道
游走　在时间的边缘
人群传来怜悯之声
嘘……请闭嘴
你们任何一句空洞的安慰
只会令我格外地　想他

解 脱

我站在遥远的地方看见自己
和遥远的你在一起
在渐渐荒芜的故事里
时光的火车开了
我和你慢慢地　从我的视线后退
自那天起
你我从此杳无音讯

我走了一遍又一遍夜场
唯一的观众是我
将影子交给烦恼　将烦恼
用花开的声音倾诉
唯一的听众是我
我捂上耳朵说我死了

心里有一棵藤
从墓地上长起，牵连我空白的思念
左心房受不了它的荒凉
右心房却一片葱茏
旧时光也从墓地升起
我将它交给一阵一阵的风

一些零散的片段
在风里固执而安静地斑斓
斑斓在一个不醒的梦里
宿命天涯，本当各自为安
所以记忆只能在云端，穿行
回首凡尘，
望断一幅你离去时的景

我的一半走了

我将自己瓦解
像声母和韵母分开那样
单音节的两半就此无牵无挂
我在装着梦的帆布口袋里
寻找自己，
一半寻找另一半

我不在此时此刻
也不在彼时彼刻
在腐烂的记忆种子中间
一只甲虫说，它亲眼看见
过去的我和未来的我
手牵手地离开现在

它在撒谎
可唯一的证词不容置疑
就像人间和天堂
它们相距有多远，
我离自己就有多远。
我的另一半，去了能找见你的地方

绝望中的追寻

你不能轻视我的微笑
我是用了力气的
整整一个夏天
我抵挡着虚构的节气
安慰，被我砸得粉碎
玻璃碴一般的绝望铺满一地
此时如果跃出阳台
亲近地面
这算不算一种飞行

那天走在沙滩上
我是要追寻你的轨迹
你将我的痛带去了海的彼岸
洁白的浪花
啜着我的泪　卷一丝伤意没入海底
赤珊瑚等我千年
只为跟我说：
如果愿意
就放弃听觉　我只要你
直切肌肤无声的情愁

关闭一扇窗的瞬间

我又看到那朵紫色的鸢尾
不曾通知过谁
就那么无声无息地开了
从未凋零
可它　真是为我开的吗
我有时很怀疑。
就像我看不懂自己
明明过了绽放的季节
为什么还僵硬地昂着头
妄想再开出一茬繁荣

记忆的影子

又是一个无眠之夜
荒凉的心回望　一朵久远
未遗忘的美丽。
爱的伊甸园
在迟暮的春天坍塌
生命迅疾逝去
留给我瞬间的永恒

我在夜的胸膛
占山为王
在独居的一隅
落草为寇。星月无光
唯有文字疯长
终究孤单的灵魂
不再属于任何　场风月

冬雾的情节放眼薄凉
泪痕经不起推敲
我的三言两语，再难入诗
清风与暖阳
从来只是梦一场
唯有两行泪，拉扯着
记忆的影子　很长，很长。

黄杨木梳

黄杨木梳。
我一直想忘记
在我的发髻搁浅过
一把黄杨木梳。有两片树叶
在梳的齿尖迟迟不愿坠落
那是你温暖的手

却一直无法忘记
梳子还在我的发上
你却在风的影子里　说走就走
我抓起一片树叶
占卜你的去向，我的末路

初夏来时，另一片树叶
折断了黄杨木梳
我凑不够去找你的盘缠
只好停在原地
笑着，将这首诗弄哭

十月半

十月半，古老的下元节
我披着一身寒气
裹着江水的呜咽和喘息
身边是母亲和姐妹
脚下是一份一份排开的冥币
我们虔诚地上演
老掉牙的灵异小品

秋天摊开手掌
拒绝再表达陈词滥调的祭奠
爸爸坐在维京人的海船上，
你在礁石上弹着吉他，
外婆在水乡沉默。
我的记忆在微光的余热里
成了　堆灰烬

复古的情节，好的，坏的
都不要像纸灰一样被风扬起
我总记得芝诺对我说
爱从没来过
爱从没走过
你们从来没认识过我
你们从来没离开我

繁华的哀伤的过往

梦中，我看见风
带着它的味道
沿着流年的一脉尘香
穿过　岁月的榛林。
我的指尖渗出如血情伤的醴艳
我在眉目间，发丝里
陈述　繁华的哀伤的过往

我们的过去在故事里
穿越得此生不渝，诸神皆灭。
坐在夜阑更深的烛影里
看花儿凄凉地凋零
叹它飘落时的无悔从容
你用温情包裹无法挣脱的宿命
我想哭泣，却莫名地笑了

手心里捧着泛黄的老照片
我吻不到你
就像我吻不到自己的眉心
雨滴溅在阳台的文竹上，
我才知道开始早就过场
结局也拉下帷幕，而我还一直
纠缠。连我自己　都觉得贪婪

临　行

临行之前，我在老墙根挂上那件旧蓑衣
我曾穿着它，像麦田里最后的守望者
为一句承诺做了半生的守望。
时光身后，占相和巫卜都说：
我比星相师更诚实，我更像一个天使。
亲手插进花瓶里的马蹄莲
从未断过细碎的蹄声
她总想踏水驰向远方，
远方，枭鸟正围着你的羊群
唱一支人间失传的安魂曲

月光下的卡萨布兰卡，囊括了我的念想
我躲不过宿命，像抓不住你的身影。
脸庞日渐清瘦，内心日渐枯萎
我还是走吧，搭乘这叶陈年的乌篷船
去找回丢失的护身符。
临行之前，我俯身从记忆深处
拾起几粒忧伤，胡乱扔向　船外
如果我不能再回来
就让它们在水底见证
我半世的泪水，如何变成一片汪洋

六年前的今天

那场卷走你生命的雨
在世人的惊诧里
一并席卷了　我一世的情缘
你离去的画面
就此成了人间绝世的风景
我们隔着云，
隔着雾，隔着尘世，
隔着　沧海桑田后的轮回

月光里的危楼上
常常飘过一缕琴音
和你的笑声
夜色是醇酒，喝它，不醉不休。
我像个拾柴火的小孩
臂弯里挽着你的期待
一路拾哀伤的文字
走一程，写一段

宿命的延续里，落笔没有你
江南烟雨如何成诗?
我抹平时间的皱纹
与你约定：千年的期待

从忘川河开始，
我用身体抵挡穿心的刀子雨
在河底凝眸翘首
看你一遍一遍　从桥上走过

我用幻觉亲近你

哲学家说，出生是偶然的
我于偶然中落地　一路茫然：
人生就是赴一场仓促的约会?
你曾意外地穿过我的眼眸
我的眼神曾想牢牢束缚住你
神宣旨：相遇和离别
一个转身的长度
你受命坐进了我的梦中
日日默数我绽放的　朵朵孤独

每天用幻觉亲近你
3D 的画面，近得不分彼此
却远得生死隔离
都说死亡是幸福的
我在想象的时空　穿越层层烟火
借着床前单调的月光
安静地躺下
那朵从窗前飘过的云
是我忍了很久的　温柔

可你说　能活在这个世界上
哪怕寂寞，甚过死亡

看到星光，也是幸福的
有生之年别想飞到你的彼岸。
我还能怎么办?
除了在悬崖上种植从前的时光，
你的面孔，你的名字。
天涯相隔的遥远里
飞花一树，美得催人泪下

夜的心

薄情的世界里
我要怎样
才能深情地活下去？
细觅年少爱情的遗迹
没有散尽的只落下一些虚像
在光阴里画船听雨
在流年里
共剪西窗，回头望去
巴山夜雨的瓢泼中
不过是我形与影的不离
你在另一个世界
打开自己
我在这里收拾你所有的往事细软
灯芯在抽泣中独自缅怀

隔着几个世纪，依旧
不敢回头与你远远地相望。
不能卸去这一身世俗，
怎敢在烟水之湄化身你爱的莲？
四季在我的紫檀木画笔下
演变成面目全非的模样
在无人出没的殿堂

我将悲哀拴在寂寞的心房
将心酸的思念，一饮而尽
醉了。
我倒下。
幽径深处木樨花瓣飘落一地
那年的箜篌一曲
而今早已弦断三生

航归途记
——彼岸

天际的云
像极了家乡绵延的
江岸线。我在舷窗里
如在江的边边　看江的彼岸
近得，看得清
远得，走不近

心被什么扎中，钝痛
有个声音对我说：
你看到的彼岸，是真实
不是幻境。彼岸的那一面
是另一个世界
那里有另一群人
他就在那里

江面无风，无浪
只是我无渡可去
我只能坐在舷窗里
眼巴巴地看着
挡住了你身影的彼岸
你走上岸顶可好？
幻觉也行。

旁白：总是喜欢一个人的旅行，并且总是喜欢，飞行。只为一种感觉。飞机在云上飞行，舷窗外的天际边，从天的一头延伸到天的另一头的云像一道堤岸，每次只要看到这个景色，第一感觉那就是传说中的“彼岸”，通往天堂的“彼岸”，岸将那一边的人挡住了，而你就在岸的那一边。这种感觉每次都强烈得令我想扑出舷窗，向天际那道狭长的云岸一路奔去。

Liufangzhong
De Jinsuoyu

第二辑　我非浪子

小序（摘自我的日记）

北落，记忆里你我牵手，走过诗书轻吟的花季。

时光荏苒，陌上花开花又落，流年的风尘，掩埋了几许红尘烟雨情，而今，只剩我山寒水瘦。岁月沉香，已在半管箫音中淡若无痕。半笺素白，笔墨处，只落下几句颓败的气息。

唯有透过细雨和风的缝隙，凝望你寄身的碑下，寻一丝，遥远的虚幻的慰藉。

让我不再默数你离去的日子，让我在撕去每页日历的瞬间心存微喜：又一个今日过去，我们相见渐近，可好？万千思念，让我在忆念敏感的触须里，向另一个时空，深入，可好？

青丝不愿染白，我用死亡的眼神积一汪清愁。阡陌红尘，如果可以，我愿以冬阳和雪花的悲怆，走向你。彼岸花开，如果可以，我愿你为我披上洁白的嫁衣，让神主婚，行一场盛大的人间婚礼。

今日起，我是否可以替你，将爱延续下去？

五月的油桐花在我的绝版韶华里，迟迟没有落下。我将自己变成虚拟人物，你全部的爱意是否可以，在扑面而来的死亡后如愿以偿？

时间将我轻轻拾起，又慢慢放下，我如巫山神女一般，在飘忽闪烁的守望里，香消玉殒。真实的这个自己，在微弱的烛灯下，读自己的虚拟章回，一会发呆，一会傻笑。

关于 Amour

Amour，
绽放后妖魅般美丽
缠绕你不能合拢的心事
交给梦，在雪地上，飞翔
脸上密密的细纹
如拨动的琴弦
音律生动
笑容柳叶般妩媚

一切以爱为名
美丽过后，忧伤的边缘
心情，如落英缤纷
像一首没有构思好的叙事诗
匆匆结束在
未开始的光景
爱，曾经化身成虹
如今散落成风

天仙配传说

我用沉静而忧郁的眼神
铺洒水乡古镇
用夜的墨　用文字的永恒
倾泻仲夏的相思：
你芬芳的身姿
是流动不息的春光
向我美丽地绽放

你站在海边的风里
如一轮七夕皎月
千里之外，辉映我的目光
我常常在想：
我们一定在某个朝代相爱过
所以痴痴的你
今生受着我不经意的折磨

今夜有月无月
你必须进我的梦里
正如我一样走进你的梦
吻你，并轻轻告诉你：
我们的爱不是神话
我在荒芜了千年的胸膛
栽你　根在我的心上

茉　莉

阳台上那棵茉莉很诡异
十年没有开花
我用蝶的心情　揣测它的模样
揣测它有过的丰饶
和内心的荒凉

那夜闻着你散发的体香
正如茉莉的芬芳
久违的醉意
在心头微泛涟漪
你的质地　恰似静夜的茉莉花
恰似我经年的期盼
所以，纵使你迟来十年
依旧被我选定　做我的新娘

你迷恋着我的线条
像迷恋荷塘上的星光
而我坐在这里　望着窗外
无动于衷的月色，任风
吹乱我的心思
任你款款的情意撩拨我
从前的种种记忆

在你面前形色仓皇　穿梭离去

在爱情面前你无所适从
不管对错，一切由我做主
那么好吧　明天
我们继续自以为是地爱
道路无阻　只愿通向你我

爱你三天

能有一首诗，再次打动我吗？
不能。
一根香烟点燃一季
一帧水墨，挂在二月
那场美丽的邂逅过去两年。
此刻我化身汉唐的月光
潜伏水底，无缘无故地想你

往事，带着无色无味的伤感
还有些许冷漠。
缘，来自前世还是今生？
你湿漉漉的心为什么要搁浅在
我的温柔陷阱里？
我在感情青黄不接的今天
清算　对你信马由缰的伤害。

记得你问过我，会爱你多久
我回答只爱你一天
其实，我可以爱你两天，
也可以爱你三天。当然，不会更多
爱你在每一天
爱你在白的天和黑的天
爱你在：昨天，今天，和明天

暮春的情意

你企图用祈祷
洇湿一颗心。
你的一段体香
积郁了经年的惆怅
只为一个
能没完没了向我倾吐的机会
只为在追求者蜂拥之际
向我　暗递
动情哀怨的诗意

你浓郁的诗意
开始润泽我
没来得及干枯的躯体
季节的风
也无法再让它瘦削
我只好低下高傲的头
以狂野的姿势
不再掖藏　你从未察觉过的悸动
春意渐去，且让我陪伴你。

一半明媚，一半忧伤

如那株矮小的紫背桂
我用一半的明媚
一半的忧伤
在枝缝里细密地填写惆怅
一个人，在远方，
在日和月的光影里
心，贴在水面，哭泣，
一池秋水的皱纹
荡开　满世界的心碎

大片的水草在冬天
一绿再绿
没有枯去，拥着月色的柔软
带着卑微的情绪
抚摸失去爱人的痛楚
和我的　哀愁
我端详着远方
心思随水而去
看自己　水草般慢慢地，枯萎

想借死亡的手扼杀寂寞
太阳在偌大的空间，顾自行走

我不得不信了
人，生来孤独，不须死亡
就如山间盛开的紫菊
每一朵幽香，每一份孤单
只信西风
只吮吸露珠上
微凉的气息
各自与爱的想象作别

坐在梦里听马踏溪水的声音
孤独浸透
微湿的目光
泪水里涌出最透彻的思念
木棉花不愿合拢
它的心事
鱼儿潜在最接近忧伤的
边缘，听琴
听岸上落英缤纷
一只隼飞过我的头顶
蔑视我末路的爱情

寸寸柔情，尽管温婉

不要如月
不要如轻柔的雪
因为心事如铅，
身体蜷成忧伤的符号。
人世的荒凉
散落在灯下
一览无余。
唯有想你，有一丝温暖

美人诀

不归之路，注定错过许多
注定有一次肝肠寸断
那一镰上弦月，注定
从云里隐退，从此销声匿迹

所以告别不必让梦涟漪
梦不必优柔怀香

我不经意地对你挥手作别
眼里些许湿润些许涩意
你问我会不会忘了你
我说：既不回头，何必记得。

话声未落地，我的背影看到你
瞬间的芳华，碎裂一地

散手天涯，执你婉约的相思
行走于风上
一片云飘过，一场雨淋湿，
一枚落叶舞着绿袖馨香

你的秀色空城绝世，
我的骄傲，只付西风。

彼德拉河之恋

为着尘间历劫的使命
我一度放弃爱情和歌唱。
一个遥远的传说
在流浪岁月的子宫里
孕育，成形，
在风与树的交头接耳中
日渐明朗：
那个在古井边
与我默默对视的姑娘
此刻在彼德拉河畔哭泣
在彼德拉河畔为我　写诗

回忆中浮现她的倩影
唇边没有拭去的吻
还有她的余温
踏上回程之路吧
爱神下旨，要我找回她
可是经年已去
到达不了的彼德拉河
我不能遗忘，也无法渴望
何时我能成为它的河床
让她的泪，漫过
我悔悟且爱过她的胸膛

你的青春
遭遇过谁

一寸一寸的光阴，我让它在指尖
一寸一寸地，被掐断。
爱我，赔上了你整个的青春
在闭着眼睛也无法逃离
爱情的日子里
我们在人海里，接吻，拥抱
我的酒窝盛满结局的哀伤

我不会永远属于你
对此，你从不茫然
可红尘一梦，你不能再为谁倾心
花曾开过，我曾来过
繁华未尽爱情已悄然没落
你若能记住我，就记住
你曾这样被我伤害过

梦醒时分的女孩，生日快乐

梦醒时分的女孩
用一刻钟的失神
想念对她说一句话就可以
天长地久的人
想念总是不过一天，天亮时光临
灯熄时走开

那个被女孩牵挂的人
在忍受了千年的孤独后
走进女孩的世界
有一种直觉刺痛女孩的神经：
那个人，还在弱水三千的深情里
守着属于另一个人的烟火

那个被女孩牵挂的人
坐在远方冰寒的碎冬罅隙里
用她纯白色的风衣
裹紧女孩异地的相思：
梦醒时分的女孩，祝你
生日快乐！

情　伤

爱上你
又将失去你?
我的爱情在朝北的窗台
黯然神伤
无力抵抗，距离成就的
那点点刺骨情伤。
斑鸠在楼前的台阶上
被玻璃一样锋利的阳光碎片
割伤　无声地哀啼

我对你说过
爱或离开
你是自由的
用我的哀愁为你编织
轻盈的翅膀
你走吧　亲爱的
以无疾而终的速度
逃出爱情的圈套　逃出
我们肌肤相亲的拥抱

月夜遐思

安静，不过子夜琉璃的月
倚在紫檀木的窗前
听一声孤雁的哀鸣
我不介意心中升起那么一点忧伤
很沉　很重地叩击我的心

一页一页地翻阅，过往情史
遗留唇边的吻迹还藏着
我一度的风雅
薄情如流水般淹没
她们的名字　她们的笑颜

我在发霉的岁月
努力地回味　多年前的栀子
曾经怎样地发芽
我胸中的帝国曾怎样因它
阵痛过后，说没就没了

爱情被我抛弃一次又一次
并非我喜欢那一场场
无法消受的遐想，
一盘散落的残局棋子

我不想寄寓无限的苦痛

习惯了在爱情的旋涡里流亡
在一句话里成长
那一句拒绝似乎对得起爱情
从三月的梦中醒来，枕边潮湿
为爱神伤　早春都是这样吗

夜的美丽童话

今夜，因为想你
我用紫竹信笺和落拓的字体
蘸着淡淡的暗伤
勾勒一个彻夜的童话
童话里那个痴情的公主
不曾被我伤害
可结局有雨声轻打花瓣
似我那年的叹息
覆盖你最后哀伤的哭泣

童话的颜色是白色
你却在黑夜里妖艳地蝶舞
一夜的风情万种
一夜的千娇百媚
如花在雨声中绽放
挡不住的　是我赤裸的诱惑
你属于你的童话世界
而我只是魔的化身
天亮，抛弃爱情
忘记那一夜的美丽

网恋，爱的祭歌

今夜你没有在我的臂弯
但你也睡着了
视频里酣畅的睡相
引诱我想用一首诗抒发你
暗淡的夜灯在你脸上留下阴影
是我目光里隐藏不住的忧伤
隐藏不住的恐慌

明天，又一个明天
时间不会告诉我
在多少个明天过后
你的可爱和童真
不再像今晚这样
在单薄的长夜　一览无余

你在那边睡着
甜蜜的笑泄露着爱情的秘密
我在这里　用烟和二锅头
与夜纠缠
烟和酒　最适合在今夜祭奠
你某一天将遗失的贞操

角落里有一只甲虫
对着我虚张声势
对着我没有教养地嘶鸣
它想说什么
你的天真是不凋谢的花蕾？
你的年少可以抵挡光阴流失？
我用冷笑和二锅头让它闭上了嘴

七夕，
抛硬币
决定我的爱

我一度以水母的姿态
绕过情场的珊瑚和暗礁
置身其中，不怀好意
爱情与我无关，但这不是我的错

我一度旁观你的饥饿
在蒲公英摇曳着谎言的季节
它们煽情地喘着粗气
用文字欺骗你：爱情来了

我一度要你还给我
那支唱给紫丁香的白云牧歌
哪怕你已扯碎了花
也请把嘶哑的竹笛还给我

我一度渴望爱死去
为了记住某瞬间的美好，为了
疼痛地活下去
夕色如床，漫地苔藓直叙我的忧伤

可风一路纠缠我
水面薄得　像我一度的失忆

我只在无聊时搜寻你
如花的容颜，如水的温存

一朵云经过我　泄露了
我的秘密：我似乎还爱着。
要不，回到那个叫妻子的人跟前
重新做人？我抛起硬币作决定

诱

白天，你是有意在我门外走过吗？
梦里与你交会，牵你渡过溪流，
我的轻柔，你的娇吟。
阿勒山掩埋过挪亚方舟
我们在它的腹部相拥
梦境里，毁灭是我们的结局。
你一定要用这样的一双眼
秒杀我的高傲我的理性吗？
柏拉图在五年前就告诫过我
别再惊动你的爱情

直抵初恋的永恒

上苍跟你我开了一个玩笑
它有点无理取闹。
一晃经年，爱的故事还在延续
可我不再是你笔下的少女
落笔，空白。

透过冰雪的季节
以一个闲散的姿态
我用沉默将自己伪装得很优秀
用微笑将悲伤隐藏成
无动于衷的习惯

雪的神性覆盖了
你最初的愿望，你最终
带着疼痛忘记我
忘记我内心从未枯萎的深情
曾直抵只属于你的初恋

未赴的盛宴

记忆的章节若有若无
落墨之处白云过隙
我用烟柳沾雨
写成三千繁华诗句
那只旧梦的乌篷船里
谁将寂寞坐断

灵魂在坠落中窥探
伊甸园深处，
那一场风月的婆娑。
一世淡不去的眷念
掠过清瘦的苍穹
重返我的眉间

印章上的图案又硬又冷
你在爱的誓言下落款
时光走出很远
我倾城花开，铺出
梦回最初的缤纷
却错过为你饯行的盛宴

砗磲的使命

美好的生活卷土重来
从梦中出现一个你开始
可你在哪？
我的遗忘在流年里的女子
像我的文字一样干净、静默
且忧郁的女子
我在梦的轨迹之外寻觅你

我在我的天之涯
你不要再躲在你的海之角
不要如砗磲般
终生在珊瑚礁丛里结痂。
我是你的车辙之痕
是倾覆你全身的暗藻
你，终究只是沧海一贝
须得我的润养才白得纯粹

被我缠绕的女子
窒息吧。陪我一起死去
死在深海的梦里。

我的尸身在你体表的车辙里
化成形销骨立的壳骸
受着生活和爱情算计的信男善女
将我们戴到腕上，挂到胸前。

昔日的姑娘

一帘水墨挂在夜的边陲
午夜钟声里　静帧被敲碎
我从日历上撕下又一个今天
扔给无边月色。
一壶青梅煮酒的年少清唱
在心底漾开
浮光里水墨的波纹

时光的水岸，我啜着
离开时向她一度隐瞒的事实
透露我假装很久的无辜：
偷她故事的人是我。
她在独角戏里情场失意，
是我用舌尖
舔破了她的青葱。

我该怎样撩拨她
魅色国度里我昔日的姑娘？
红尘染遍云烟的落寞
她的青丝被谁挽起？
踏马裹香的那一天
我祈它早日到来
我在家乡　迎娶我爱过的姑娘

诀　别

相思已成垢
我怎么可能还是你的冬日暖阳
怎么可能还温热你的心房
不再给你幸福的向往
只因不想再扔给你一地忧伤。
你一定要倚在往事的背上
将我的诗句缠绕指尖吗？
粉黛羽衫不过是雪色苍白的比喻
你何苦在泪的汪洋里
让自己凌乱不堪。
那场优柔战栗的梦已如花瓣残落
往下，只会越做越单薄……

爱情，请你出局

打马而过的青春里
我将山盟海誓刻在驿站的墙上
而今回不去的时光
风将那些誓言剥落一地
霜染铓刃，雁落忘归
一段一段痛彻心扉的真情
在草长莺飞的记忆季节各自飘零

忘川河畔浅浅的暮色里
我的文字不再与命运抗衡
绿肥红瘦的诗词
在我渐许清瘦的柔情里
幻成爱情的祭品
爱情，
我的世界，请你出局。

来世，做个这样的男子

致爱：在唯美的虚幻的文字里，我们以真实的姿态，携手站到生命的尽头。

一花，一草，一意境
支着羞涩的微张的花瓣
安分地长在寂寥的水边
撑着纤细的摇曳的一脉
清贫地扎在荒野的边缘

一花，一草，在野性中静谧
吐纳之息，远离着尘世之污浊

世间唯这样的女子
吾愿穷毕生之追逐和宠爱
不求永远，只愿相拥
直到缘分和生命一起灰飞烟灭

陌生是最好的

夜很深的时候，住进一个陌生城市
少了一点白昼腐烂的气息
多了一点聆听歌声的时光
坐在陌生的白色小楼里
如坐在贝壳的心脏里
仰头看窗外，那轮月色
像那年一样暧昧无常
梦始终散发陌生女郎的体香

床前碎步的声音，
如涟漪，如落英缤纷。
身边穿梭的美人，如莺歌不疲倦的浅唱
其实我可以不再回忆
其实我可以接受她们中的一个
可这颗未定性的灵魂，怎能
接受一个身体，却伤害身体里面
祈盼我爱的心？

将自己深深地埋在红皮软椅里
一夜沦陷中梳理纷乱的文字。
陌生女郎的娇靥浅笑
醉了我心中的桃花

一些思绪在月光遗忘的角落流淌
我在一缕风的叹息里，轻执紫圭
女郎，我唤你为蝶
可愿我为你勾勒成画？

吻别邂逅

车窗透过的告别眼神里
你读到我的忏悔
我不能再为你提笔赋词
不能再为你轻弹浅唱
天地间，只剩了那一曲离歌的回音
在远山近水的寒风里盘旋。
人世间旧情新欢的烂俗戏份里
你我只是匆匆过场的群演
唐诗宋词的韵脚下
你绝望不灭的期待
怎能再触到我坚忍隐匿的柔情

与最初的邂逅吻别
枝叶的罅隙倾洒出你的哀伤
你在我断却尘缘的目光里
将千年的等待埋葬
孤独还在自顾自地延伸
我却连思念你一下都想不起来了
运筹帷幄中笔墨消瘦
文字被我渐渐冷落
我坐在木棉花不愿合拢的心事里
将自己喝得支离破碎
让一场盛大的爱情草草谢幕

浪子告别

离经叛道的浪子
只能以梦为马
行走在远离江南
烟雨的边陲
行走在
望不尽归路的天涯
这个冬季天空太过清朗
阳光太过透彻
注定了此去一别
不再有　浅浅暮色里
玉色销魂的相遇。
等待空瘦容颜
辜负最是彻底。
新情涤尽风流性
勿怨萧郎不念君。

Liufangzhong De Jinsuoyu

第三辑 孤独写意

小序（摘自我的日志）

总有一种情愫郁结在五脏之中，长久得不到释放，渴望释放，又因为已经习惯而不愿释放。如果世上有一个人天生心里不快乐才是最习惯的，这个人就是我。可能这就是宿命，习惯悲哀让我失去你，习惯悲哀让我整天沉浸在游离的状态。

北落，你用你的离去倾诉你的绝望，我们曾经开始的，和后来你用生命画上句号的，都像无知绽放的花，我无法安然地面对，所以我狞笑着想去摧毁，摧毁生命中所有的记忆。

摧毁，然后去向你赎罪，是我唯一想做的。

可我怎么老是有挫败的伤痛？

我彻底孤独，只因你遗弃了我。

街，冷风，行色匆匆。那具躯壳神情恍惚，孑然独行。泪，又无端地滑下了面庞。经常这样，在任何想你的时刻。北落，你在远方，也一定这样天天想念着我。

这是你最不愿意的事，所以我不能这样。试着做一竿竹，你最爱的竹，半含新箨悄自生，在远离俗世的山路边，生，自吾心，亡，自吾魂。

归　宿

我于简单的一嗓子
呱呱落地
用了半生　寻找归宿
红珊瑚用血的语言
戏弄变幻的潮汐
荨麻在乱石中嘲讽
抚摩过我身体的春天
我的生命纹理
像盘根错节的古树
归宿在够不着的末梢
显得高深莫测

秋风带来一些证据
说我在时光身上过度奢侈
我将止步于
快乐。
悲哀。
美丽。
残缺。
止步于那个重蹈覆辙的梦
阳光用诀别的胡须碰触
我空虚无边的心

神和司命，同时降临

我想我来的时候
不曾给过世界什么
我想我走的时候
必须留下什么
留下或放弃
是我割舍不了的血脉
恩情，和牵挂
生命的河流淌，越流
越细，最后口干舌燥。
我在最后一根芦苇前垂下头颅
秋雁无语，月光沉寂

做一次诗人

泰戈尔，席慕蓉，海子
认识他们，认识了诗
一生便有个痴妄的念头
做一次诗人

可是

我在炎暑的花树下游离
却听不到群蜂的弹唱
那应该轻嘘微语，静坐的时光
那应该献歌新月，清寂无边的闲暇
早已渺渺退隐在
异邦的静默鸿蒙中

我在茉莉的清香中飘荡
却触不到古老的辰光
那曾在意裙裾洁白的青涩迷乱
那曾开窗探望新曦的花季芬芳
一起仓皇跌落在
采莲女子的皓腕下

我在神秘的麦地劈柴

却看不到雪和太阳的光芒
那沉默孤独的村庄，配合死亡
那叶子缠绕的树琴，月光流淌
也都凄凄俯伏在
黑夜和岩石的伤口上

就这样注定了
今生，我做不成诗人

自　白

我是一具尸体
说这个有点吓人
但我不会行走　不会呼吸
带我跑动的是我的衣服
帮我呼吸的是风

我的心像垂须的苞谷
里面裹着过季的风景
我一层一层剥离
掀开一道疤
便成一首千古绝唱

我的眼睛是两口井
水位很深　一口装着
异乡的亲人　一口装着你
他们在我的眼泪里
哀诉想家的欲望

我的听觉被耳塞堵住
双耳　如同虚设
苦荬枯败之前向我诉说
天空很蓝，气色不错

我却自顾自地听《离歌》

其实我最想说的
不是身体　不是心
不是耳朵　不是眼睛
我原想变成自己的观众
可事实上我不能

我只是在棺木上唱歌的黑鸟
白天和黑夜激情地唱
高潮来临　顿然沉默
我把生活调教得
像半个阳痿的男人

写真和蓄发

我不想再用一副透明的
或黑色的眼镜
遮掩我隐隐作痛过的
——真情

也不想再用一句撒谎的
或敷衍的语言
辩解我不曾兑现过的
——承诺

为此我去拍写真
一会公主，一会朋克
最后我一丝不挂地匍匐在
——圣经里

为此我开始蓄发
陈年的日志本里，麻花辫女孩
沿着那日失散的路
——走过来

写真创意

我从唐诗宋词里走出
失魂落魄中闯进圣经故事里
在没落的繁华背后
我脱下风尘织染的衣裳
眼角，布满岁月的忧伤
双颊，不再积淀羞涩的纯情
月光映出的幽怨
在几个世纪，蔓延
我因着无情而美丽
又因着罪恶
将自己醉成一部悲哀的神话

逃——乱弹心思

年少时面对现实常常手足无措，于是我从现实逃进163博客，后从163博客搬到新浪博客，总是怀着一颗逃避的心情。也许，当初不应该学会逃避，不应该一逃再逃……

从163搬到新浪，心里一直寥落

有点空的时候就把那边的东西往这里贴

可总有一些东西是没法搬运的，比如在老家的心情；

这几天不停地听“为爱痴狂”，很想哭很想哭很想哭……

那些失掉的，心情或寄托，

随着那一小段时光，在远逝，在消散，再也不回来；

偶尔回去看一眼，看一看那熟悉的土地，

曾经以为可以经营一生，在我疼痛的删减后日渐荒芜；

只能用潮湿的泪水润它逐渐干涸的背，

只能用余温的思想唤我逐渐溃散的灵魂；

不知道那个角落在哪里，没有异样的目光和猜疑，让我安心栖身，

不知道深爱的你在何方，静静地耐心地为我守着等待的日月，

不知道此生有没有可以为你为我活过的那一天，

不知道什么时候可以走出现在，走出这里；

这些未知的元素，让我走不出孤独，

我每天都在哭，脸上在笑，心里在瓢泼；

一个沉默的无视，一抹尖刻的嘲笑，

足够让我每天奔命般逃脱，

从现实逃进博客，从一个博客的家逃到另一个博客的家；

我在现实中流亡，离人群越近，孤独拉我越远，

我也在网络中游窜，网络开始很大，后来很小，

只好心无所依，只好再度孤独……

虚拟章回

刻画一个虚拟的自己
全部的爱意在扑面而来的死亡中
得以如愿以偿。
五月的油桐花，
在我的绝版韶华里迟迟没有落下。
时间将我轻轻拾起
又慢慢放下
如巫山神女一样的女子
在飘忽闪烁的守望里，香消玉殒
真实的这个自己
却在微弱的烛灯下
读自己的虚拟章回
不停发呆，一味傻笑

姐　姐

佛，今夜我跪在你面前
为我半世的沉沦
我的沉沦不是因为你在人间
而是你放行的那盏灯
它化为聪慧美丽的女人
我唤女人为“姐姐”

我试图用一句名人的话
一根蜡烛
比喻纤瘦小巧的姐姐
但她燃烧的身体
喷发的能量
只有佛前那盏灯做得到

今夜我只能跪着
没有一个地方可以让我
坐下　或者站立。
捂面痛哭
廉价的眼泪不能洗我的罪
它从岁月的缺口钻过

佛前的灯　姐姐的身影

我用伤过她心的痛苦
丈量灯芯的奉献
那微微跳动的火花
让我蛰伏的眼泪在今夜奔流
今夜，我不能停止忏悔

漫客天涯的旅人

因为有了期待——等你
那一天便不再久远
我终可以走回
八年前的所有日子里
做回我的
漫客天涯的旅人：

在异乡清冷的街
浅尝，与陌生情人别离的微醉
然后自顾自地挥手告别。
将自己沦陷在
一剪愁绪的风景中
放肆地脱去灵魂的外衫：

在背风向阳的林地前
或铺满鹅卵石的河床边
我裸露雪白的肌肤
一如昨日的微曦里裸露玉白的胸
灵魂的肌肤依旧带着墨香
溅在上面的铜臭，我轻轻拭去。

女　妖

Siren，我的充满黑色毁灭力量的女妖
就用你和弦散发出的音符引诱我
我要离开这里
牺牲生命去抵达你。
在你脚下的海水里
我要抓住你雪白的胸脯
然后静滞在死亡前
与你最销魂最深入的那一刻。

Siren，我的充满静穆神秘的女妖
你裸露的身体宛如星空坠落的银河
我不再在地图上流浪
我终究要找到你。
让遍地的鲜花和一首已被遗忘的乐曲
铺在我的葬礼上
Siren，我要你的灵性
与我的肉体，握手言欢。

七月的女子

池边，女子将梦
睡成莲相思的模样
风因为寂寞
絮叨她的初心不改
女子坐在水纹荡漾的深处，倒影
在蓝色的湖上，临摹
往事。透过梦的清凉，莲
在一潭水藻里挣扎

陌上，影子在剪指甲
七月被剪掉一半
木槿大惊失色，趴在季节的断崖上
央求不要剪掉它的爱情
戴胜乘着夜色的掩护
明目张胆地挖苦：
七月里的木槿，七月里的女子
七月里驻守的一个信念

解读 Mariska Karto 的巴洛克艺术

Mariska Karto，认识你之前
我一直把巴洛克当成一种饰品
如我禀性一样的你的饰品
不合常规，复古，夸张
远离生活和时代
因华丽和自我迷恋
被古典主义者嘲笑，
说我们是堕落瓦解的化身。
我一直以为巴洛克是和我一样
冲动激情的畸形
在叛逆的国度，打破理性的宁静和谐
举止大胆，勇敢，
背离传统，追求新奇
用鬼魅，金属，珠宝，多变的色彩
铸造我们相同的灵魂

Mariska Karto，认识你我才知道
巴洛克，我，我们特立独行
油画般的精致　流露
我们落寞的负面和华美。
你的细节里没有笔触
所有类似抑郁、悲伤、

梦境和黑暗的情绪，都不激烈：
旧时世界落满尘埃，
少女的容颜如一朵华丽的梦，
瓷白的肌肤，女神的典雅，
高耸的发髻，点缀神秘忧伤。
你的作品是一场
巴洛克风潮的盛宴
流淌天鹅绒般的浓郁
豪华、享乐、宗教，光泽璀璨

白果林的守候

我把自己扔进网络里　奔跑
像白果林里的雨水
在枝丫和草叶上流淌
我用鸟的嗓音变换不同的想象
荒唐地呼唤　那些
陌生的虚拟昵称
将自己　蜕变上线
自嘲是光辉职业里的败类

网络如同多事之秋
将长长短短遗留的春光泄露
落叶丛里有被淡忘的回忆
和莫名的悲伤
网事蔓延，嚣张
却挡不住内心的凄凉
正如你再也看不见我的孤独
我再也触不到你的温柔

我是有意要趟一次浑水
网上的骗人和被骗
发泄和被发泄
如白果林里野兽和美女的教训。

撕掉现实中的面具
来试图忘掉一些
我就是要这样作弄自己
有什么不可以？

可是虚度网络的日子
一寸嫌太长，一寸又太短
只要一次风雨来袭
就让我失去最美的痕迹
思念呜咽地穿过季节
穿过白果林深邃的咽喉
你站在蔚蓝的尽头
要我安静，等我回归

直抵日子最深处

若是像别人数钞票一样
数眼下的日子
是否也有一种快感
让我就此同情夜虫
不知趣的聒噪　并原谅
苍蝇落在杯口的冒失？
掀起日子华丽衣襟的一角
我看到蹲在里面的自己
蹲在石堆的角落
每一块石头，都有一张阴阳脸
一面，是白昼，一面，是黑夜

苦思冥想我在什么时候
将自己囚禁了
囚禁在乱石般的日子里
它坚硬的外壳
让我无法再触到亲密的瞬间
无法，再与你有染
不如点一盏孤灯
将自己孕育成
一粒晶莹耐寞的琥珀
有人在我耳边嗤之以鼻：

你明明只是一块普通化石

我是不是很自怜，也很自恋
在寂寞中品味孤独
在孤独中走过一生
日子多冷多硬
我都以王者温和寡合的忧郁
和岩石一样冰冷的声音
对它说：“我爱你”
我相信每一个瞬间
都有一种比生命更漫长的意义
所以我采取一种比轻更轻的飞翔
直抵　日子的最深处

幻影一生的夏洛特

很久以前，我是金发美丽的夏洛特
神将我囚禁在孤岛的古堡
我坐在神赐予的镜子前
坐在幻影的世界里
听从神的安排和惩罚：
荆棘，丛林，阳光明媚，
船头的蜡烛却终日燃烧，
纺织机从不断线，
我手戴镣铐，
终生在镜子里纺织，编织我唱的歌
亚瑟王宫就在我的视线中
毁灭我的魔咒就在王宫里

蓝斯洛，美丽的日子随你而来
你一闪而过，我就疯狂地爱上你
我必须违逆神的旨意
一定要去寻觅你
镜子碎了。魔咒启动。
蓝斯洛，你的出现是我厄运的开始
时间不久会停止，蜡烛燃尽
我的生命就会被销毁

可我仍然要去寻觅你

就让小船载着生命最后的歌

伴随我的死亡之旅。亚瑟王宫里的蓝斯洛

我只想将一生唯一的微笑，献给你

油画《月夜》

克拉姆斯柯依用银灰色的调子
在月夜为我代笔一首爱情诗
万籁无声的夏夜，蔷薇花
散发迷人的幽香。杂草丛生的路边
有草虫在低声吟唱
参天的菩提将一树的神秘
伸向幽邃的夜空
路灯的微光流动出暗香
白衣少女缓步前来
坐到池塘边寂寞的长椅上

洁白的睡莲和墨绿的菖蒲
在她扑朔的目光里悄悄睡去
她是我暗恋已久的爱人啊
是谁让她沉浸在夜不能寐的思渴中
迷蒙的月光透过林叶散落到她的身上
我心爱的姑娘，皎洁明亮如仙女一般
我为她陶醉，为她神伤
说不出口的表白折磨我的心：
她让克拉姆斯柯依成名
为何不愿为我走出那个月夜

单人旅程

单人旅程一直是我钟爱的
路人的目光温暖，善意
即使好奇
也是轻淡的，适度的，
不会破坏你的心情。
坐在相隔几指宽的距离外
看自己的书，
吃自己的食品，
玩自己的手机，
彼此不打扰，心无须设防。
单人旅程，在陌生的人群中
穿行　在自己的世界里
肆意走动，就这么一个
纯粹而简单的人

我的命运，是蒙克的模特

毕加索汲取过你的艺术养料
我的命运是你雇佣的模特
怎可抱怨你的摆布？
生命的不安，爱欲的
焦虑痛苦，对死的恐惧
我乖乖地将它们呈现
在你的作品里
以冷峻的表现形态，
以穿透人心的影响力。

你要我坦白爱的内涵，
我在《接吻》中展示了它。
你要我抵挡性的力量，
我做了一个《思春期》的少女，
裸身坐在床边，双手
摆在膝间，遮挡对性的无助。
你要我深入生命的内壳，
我便高声《呐喊》，可没有人知道
我为什么尖叫，我让所有人倍感不安。

卡尔约翰待的夜晚，
落雪覆盖了小径。

奥斯高特兰的夏夜，
红色的房子和云彩依旧。
马拉是因为性和暴力而死
还是因为春情和绝望？
爱德华·蒙克，
有一天我不再做你的模特
你只好在地狱里画自画像

我的命运，是贝克辛斯基的模特

我也做过贝克辛斯基的模特
一个整天只知道空想的家伙
他悲伤压抑的情调压过蒙克
巴洛克与歌特在画中狞笑
末世和地狱的恐惧
基督，死亡，黑暗
是他油画的全部主题
学校称他是怪胎

我不愿这么攻击他
如果死亡带走了爱
憧憬死亡有什么不好？
他将交响乐的气势赋予死亡
大地虚无苍凉，景色破碎颓败
画面却大气磅礴
明明强劲的节奏和层次感
却深沉静谧得匪夷所思
古今画家谁人可及？

氛围悲凄而不安，
玩偶的面孔被撕裂，
人脸被抹掉，绷带缠绕

尸体发出腐败的真实味道
骨架撑起荒芜的沙漠
自然中不存在的光影，变形的
人体元素，末日后的风景
语言定义不了画面的内涵
所有作品没有名字只有编号
你若读不懂，很正常

你说画风狰狞
你只看到颓废和恐怖
你读不懂，是你的不幸
画风如神在俯视世间的悲伤
无以言传的悲悯
给着人启发和力量
贝不怕死亡的虚无
只怕死亡带来的疼痛
害怕既然不能消除
不如变本加厉，让它万劫不复
做一个地狱的创造者

一生只画一个女人

我很想像莫奈一样
像你一样，一生只画一个女人
你走以后，所有入画的女人
身影都扭动她的腰姿
她们的脸一概模糊
没有明确的阴影
也看不到突显的轮廓
她们都是虚幻中凄美的她

我很想像莫奈一样
像你一样，在日出时分
铺一条纪梵尼的玫瑰之路
桥上绿衣女人如我
桥下一池睡莲如她
蒙索公园的长椅
博尔迪盖拉的棕树林
亚嘉杜峭壁的渔人小舍，我们做爱

我很想像莫奈一样
像你一样，临别之际亲吻她的面庞
在垂柳和罂粟丛中，
用喜鹊在纪梵尼燕麦田里的鸣叫。

阿让特伊的红帆船
载着我　从泰晤士河，塞纳河，
威尼斯运河，出发
一个人去看　阿让特伊的雪景

我是戈雅的女人

我的身体，是戈雅自由想象的构图
穿衣服，或裸体
我不会像玛哈那样气恼
我是戈雅的女人。
有时很美，有时很丑，
有时卑微有时高贵
戈雅利用我的身体
打破美与丑的传统僵局
我在沉默中尽力保持面颊红润
在他的运笔中
我被提到史诗歌颂的高度

戈雅将我挂上墙壁
王公贵族兽性地将我赞美
他们在其他的画布上面，丑陋无比
像刚参加过沙丁鱼的葬礼。
他们刚从精神病院出来
想用金钱贿赂戈雅的画笔
所以他将他们的丑描绘得更深刻。
我知道戈雅拒绝金钱的秘密
他的镀金匠的父亲
将孕育他的子宫镀成一件金器
他在金色柔和的光芒里创作
幻想曲，夫人，权贵，还有女巫

以前那个远方，轻轻流逝

我还站在原地
僵持着，与眼前的我：
你不回来。我不过去。
心事是视网膜上布满的血丝
目光是伤口拆的线
时间纱布被轻轻剥下
一个远方。
轻轻流逝。

爱在离别前没说出口
远方的翅膀结了痂
在执着中夭折，轻轻流逝。
就如我还站在原地
恋上不能相守的
月。月被乌云盖住，
伤了，残了
一整个夜，找不见它了。

季节不是轮回
春夏秋冬只是我的
频频回眸
回眸处，我还站在原地

看很久以前的远方　轻轻流逝
睫毛蘸着泪，寥寥几笔
将眼前的我诛灭。
和那个远方。

Liufangzhong
De Jinsuoyu

第四辑　古韵里的上弦月

小序

那一场落红成阵，我在秋的泪痕里赴你之约，为你等待千年的一吻。粉黛红装的销魂叹息里，我揉碎暗香无情离去。只为世间相思太多，纤细的指尖，而今空剩冰冷的剑意。

五律·荷

云河落野渡，
微月宛清烟。
梨院浦幽近，
湖光水色渊。
玉盘挺皎素，
莲蕊当青弦。
逸客携琴至，
红蕖顾影鲜。

思帝乡 2 · 戏子情

颜素妆，
影轻浮体香。
阁内娇人怨月，
薄情凉。

月且拈花把酒，
解罗裳。
纵使天明别，
但成双。

长相思·致悲情 4 首

1

笑一回，
哭一回，
海誓山盟犹绕帏，
瞬间鬼话吹。

梦一时，
痴一时，
被弃几遭情尚随，
怎不独饮悲。

2

夜未央，
情未央，
梦短鸳鸯才拥香，
醒来不见郎。

小轩窗，
晓轩窗，
城外红襟始泣双，
启扉撩泪裳。

3

梨花薰，
桃花薰，
潸忍孤居绿坐滨，
暗伤春过旬。

思不闻，
终不闻，
扶竹潇湘垂泪痕，
梦乡不见君。

4

柳青青，
苔青青，
阶外蜓飞入翠亭，
南枝郁笼生。

风一声，
雨一声，
坐镜深闺对画屏，
思君笙断声。

蝶恋花·云歌

舷内环望风渐浅，
碧落晴初，
归意随舒卷。
祥瑞层峦成岫漫，
断魂酒醒垂眉潸。

青空四观云相援，
穹昊闲霞，
游子心言旋。
杳霭接天银色瀚，
飘零客行芳容粲。

玉蝴蝶·花嗔

晨晓海棠如醉，惹香暖梦，花寄清妍。
风拂残妆，塞管闲吹朱颜。
玉簪意、销凝情切。郎顿足、壮志何坚。
恼娇嗔。立鞍挥剑，难阻飞燕。

休筵。珊瑚腰瘦，柳烟渐退，琼觯亲鬟。
妾枕慵欹，玉人醉倒潸溪边。
叹横桥、桃花一树。怜霓袖、谁主春欢。
玉环悛。此今离宴，郎应开颜。

千秋岁·忏梅

清葩香退，
苍陌琼枝碎。
蝶舞处，
春声沸，
捻箫持玉盏，
欹楯怀芳蕙。
朱帘下，
兰膏燃烬弦声毁。

离别情堪委，
心素能谁对。
笺未寄，
思无会，
香风嬉玉黛，
醉客羞钗媚。
更漏起，
湘裙半解眉凝愧。

河满子·忆梅

晓醒花明一地，
溪边粉蝶轻狂。
疏篱园中寻碎玉，
一枝未赠春芳。
怎忍清妆匆去，
隔年藏白收香。

唯忆岁前娥姣，
夜寒帏幔依香。
玉骨冰肌眉黛怆，
但愁梅谢时望。
罗枕流年歌别，
蓝桥空对笙簧。

解语花·赏梅

烟津递冷，雪约清姿，天艳香肌瘦。
异葩寥奏，风飘恶、瑞洒树头凝懋。
孤容素袖，芳蕊展、枝横轻守。
拈碎寒、无顾萧妆，佻立寒窗首。

因念故群一秀，袅婷如梅萼，柔媚娇逗。
暗香浮袖，词新唱、歌赋倒颠更漏。
冰壶玉缶，紫心韵、唯觚把酒。
折赠梅、疏影风流，何得销魂宿。

鹊桥仙·乞巧

广寒月瘦，
银潢星满，
庭院皎华难掩。
阶前刘郎五弦怀，
鹊几只流萤几点。

碧池荷疏，
小廊风静，
浮玉天街水潋。
石间白衣抚瑶琴，
人依旧多情尽敛。

贺圣朝·西燕东劳

狂歌妙舞闲诗赋，
夜烬芳移步。
西燕东劳互成咽，
且嗔情几许。

朝朝暮暮，
髻钗鬟褛，
寤眠唯思汝。
今离再约他年欢，
莫嗟分飞苦。

虞美人·农历七月十五

半塘菡萏铺相思，
入骨哀争忍。
原为蝶梦可连理，
怎当月清云断影孤凄。

几弦锦瑟悲秋意，
无故声呜咽。
却因著雨湿青衣，
只奈肌凉愁锁泣无声。

采桑子·新胧

亲香酒尽灯花暗，
月色新胧，
秀色新胧，
裙衩羞开玉碎红。

粉痕香余更声瘦，
郎也初逢，
媚也初逢，
醉雨酥云欢却浓。

乌夜啼·独酌

枭翞西园下，
一帘水墨栖鸦。
玉颜南阁咽残泪，
举步月清愁。

郎宿解衣对酒，
几杆幽竹悲秋。
燕亭笙舞台前散，
且把一壶斟。

巫山一段云·2015高考作文题打油拼盘

皖出雅蠛蝶，
羞羞镜色无。
文章人品范儿污，
英雄迁都居。

鄂外泉清疾，
喷泉城中趋。
丝瓜藤绕肉豆须，
枉法父捞誉。

七绝·豪放派5首

浮世

浮世喧嚣弃锦华，
清溪寂静抱琵琶。
红尘能得几回聚，
笑蘸云毫且品茶。

股市录

漠荒飞甲效英雄，
立马横刀出帐篷。
遥见孤舟一叶远，
只笑身在雨烟中。

独酌

伶俐客舟愁闻雨，
梦回湘水抚秦筝。
柳风杏雨红尘错，
自古多情一空城。

莲湖记

溽暑莲香酒艳缠，
暮春桃夭雨轻卷。
娇莺戏舞闲阶处，
玉管新翻翠沼边。

读博有感

孙山名外年年复，
折桂蟾宫竟一朝。
懒作长安箫中客，
悄将丝白鬓边撩。

七绝·言情派6首

春夜娇娘

庭树柳烟飞作絮，
芳菲卷碧凤楼春。
低眉轻蹙榴裙落，
羞喘娇呻半启唇。

春祭

二月春风入竹扉，
桃花柳色悼潇妃。
宝哥怜黛情难舍，
啼泪香消玉殒归。

春意

花寄琼枝藏舞蝶，
月钩菱阁映兰舟。
谢郎笑解湘裙衩，
但要姝香梦喘咻。

寄语

兰夜檀樱冷画屏，
曲阑单影落蜻蜓。
孤弦西月铺萝径，
衾枕纱灯拒涕零。

花颜

桃染芳菲消樽酒，
花颜朱阁劝相知。
柳园玉扆春光泄，
色艺无双不诵诗。

思友

千里风啼柳上烟，
忆年琴别半含弦，
一卷翠影流莺月，
入梦苏君寄篠笺。

江城子·七夕

野桥暖绿吟蝉忙
暮云苍
瘦轻妆
陌闲拾翠
淡月悄笼香
天汉星疏烟沉水
扶重七
独惆怅

月明酒醉漏更长
寂荷芳
碧塘凉
采萍溪晚
红尽落秋乡
娇玉花容情思缪
郎与共
戏鸳鸯

南乡子·情人夜

烟暖满江鸥，
月影清香永夜留。
帘内听伊瑶瑟止，
凝眸，
搅起春思懒上楼。

新瘦半窗榴，
蕊梦微凉舌处柔。
纸帐拥娇纤指入，
和羞，
折得花蕊慢泛舟。

七律 5 首

偶遇

仲春扶醉西窗下，
偶见朱颜痕泪稀。
藕颈冷垂酥冠玉，
欲持横笛入深扉。
意无临槛采园杏，
但泛云歌尽晚晖。
闲宿月塘暗思量，
恁将锦锁系红衣。

伤别离

酒令未行容妆乱，
绣户不堪朱阁蔫。
玉笛闲吹蓬岛梦，
锦琴空锁五十弦。
南楼珠树行将悴，
烟柳云阶旧笑咽。
霞断云收催启步，

燕单旅返盼明年。

借雪思

塞北群山初雪纷，
楚心共月把香焚。
茫茫瑞气荡琼宇，
一界繁华瑞露氲。
笙尽难歌玉蝶舞，
风流赋客自难欣。
残阳染尽相思路，
独步苍岚不见君。

姐妹闹

上庭兰指弄弦管，
青竹篱尖傍紫蕤。
姊妹流诗莺语闹，
华年述念少时仪。
闲心相悦花娇影，
歌笑开怀落醉棋。
玉色半羞争媚黛，

月钩戏夏夜欢随。

雪欢

桥北雪疏帘外白，
娥娇卧暖懒拈羞。
罗裳轻解新妆乱，
玉笛难吟旧昔柔。
本为情留指绕处，
却将戏子梦中游。
待闻弦绝冬寒尽，
锦帐携欢消夜愁。

新雁过妆楼·花颜

新菊闲栏，花镜对，妆淡楚楚生怜。
独幽轻弄，娇韵一笑倾寰。
抚颊嫣然莺语嗔，陆郎住酒调贞弦。
月钩轩，醉扶弱柳，慵拥花颜。

秋凉微含露华，夜对清冷桂，玉瘦香肩。
悄展湘裙，羞欲暗送秋涟。
鬓云乱洒暗艳，绣幕掩、芙蓉帐里眠。
红潮染，皎月罗床照，不负初圆。

点绛唇·藏头诗 2 首

1

一宿新欢
五弦轻戏娇人客
九都如昔
七女妆台恻

二月初圆
六重廊幽窄
柒阁寂
八行音瑟
四鼓胭脂泣

2

二句新词
零星素纸箫疏迹
六年如昔
八妹妆台恻

三觯初兴
四鼓廊幽窄
六重寂
二行音瑟
九曲胭脂泣

一剪梅·石解记

清晓禁生城外芳，
几叶芭蕉，
一处荷塘。
陀螺转尽卌年春，
昔日琼光，
今空怀伤。

雨击窗棂深巷凉，
梦也思量，
醒也思量。
纸鸢掩断半生痕，
汝别红尘，
不思云乡。

丑奴儿·情难醉

庭边花暖香添乱，
双蝶来飞。
蝉夕嘶微。
杯酒凝咽双行垂。

前阶歌尽婵娟恼，
螺黛描眉。
晓梦初回。
空锁帘闱半处霏。

七律·枕欢

凉意推窗近浅秋，
娥娇卧枕俏拈羞。
乱红纷扰朱帘月，
旧笛难吟如昔柔。
酒易醉，缠指尖，
更将戏子梦中游。
待闻弦绝霜寒尽，
锦帐携欢到绿稠。

中秋2首

五绝·女儿筝

午摘庭前桂，
星登玉镜清。
恍然思挚友，
同赏女儿筝。

采桑子·忆旧年中秋

把樽凝睇观君寝，
斜月云收。
烛影娇搂。
独坐空台凭酒稠。

醉浓欲睡衾轻展，
月断西楼。
凉意眉头。
遥伴佳人入梦游。

西江月·双燕

陌上花飞絮起，
紫燕双戏幽栏，
阶前轻绿雨闲徉，
何必萧郎寥帐。

亭外同心初见，
酥痕单有罗环，
西楼新爱暗香藏，
怎许丽姝空望？

后 记

这本诗集的出版了却了我八年来的最大心愿。一个人八年的思念不能变淡一点点，反映的是另一个人对她的爱有多深，我只想将这些记录我心路的文字呈现于认识他的和认识我的所有人面前，呈现于世人面前，只想让所有人知道北落曾经用他的生命付给了我多少爱。

有人说爱情是双方的，但在我们身上，北落对我不求一丝回报的付出，正应了一句话：我爱你，是我自己的事，与你无关。

爱情永远是美丽的，有时因为缺憾而更加动人。不管爱情能否走到最后，两个人曾经相依相守的日子，都是值得一生珍藏和珍惜的。并不是只有两个人相伴到老才是永恒的爱情，两个人分离了，一个人将他的爱永远地定格在离开的那一刻，另一个人将这份爱以永不褪色的怀念延续下去，同样是永恒的。

一个人活在回忆中不能自拔，并非是一件不好的事，并非需要人们去同情、去怜悯。安静地回忆其实是一件幸福的事，如果她回忆起来就欣慰地笑，如果她在回忆的时候比不回忆的时候更快乐。

这本书的出版是我另一段旅程的开始。从2014年开始，我陆续整理这八年写过的诗，那时我在读博，实验很忙，但我在整理的同时开始了另一个写作，一部记载北落的回忆录。因为诗只能抒发他对我的爱，不能袒露我自己在这份情感上不可原谅的过失，我须得用更详尽的文字来记录他的奉献和我的自私。截止到我写这段后记的此刻，回忆录已接近尾声，并在我的微信公众号上发表了部分内容。回忆录的名字叫《紫背桂》，和这本诗集名字中的"金锁玉"是同一种植物。北落曾经说我是一株紫背桂，这是我以这株植物为名的原因。

当一个作家，是我从中学时就许下的愿，那时，我尝试着偷偷地写，但我不知道怎么投稿。大学时，我的心愿是做一个行走作家，一边行走，一边写作，那时还没有行走作家一说，我想我是跨越时代的前卫，可是，毕业时我没能逃脱家庭的安排，进入了按部就班大众化的生活模式，文学于我，只是工作之余看看名著，写写日志。

我希望《流放中的金锁玉》正式开启我走向文学殿堂的大门，希望回忆录《紫背桂》能在2019年顺利投稿。

这本诗集里的每一篇，都是因为一个场景、一个特殊的时间，或针对一个人、一件事而写，触物生情，触景生情，所以读者难免有不身临其境想象不出我写时的背景而体味不到我写时的心境的状况，多多包涵。

一个以最真实的状态活着的写手，用她的文字写人间最平凡最真实的爱，她将以这本诗集的面世为起点，跟着她的心，在这条文字之路上走下去，不停止，不回头。

上弦月想你

2016年岁末于成都

图书在版编目(CIP)数据

流放中的金锁玉/上弦月想你著. —合肥:合肥工业大学出版社,2017.7
ISBN 978-7-5650-3468-8

Ⅰ.①流… Ⅱ.①上… Ⅲ.①诗集—中国—当代 Ⅳ.①I227

中国版本图书馆 CIP 数据核字(2017)第 168785 号

流放中的金锁玉

上弦月想你 著

责任编辑 王钱超
出版发行 合肥工业大学出版社
地　　址 合肥市屯溪路 193 号
网　　址 www. hfutpress. com. cn
电　　话 人文编辑部:0551-62903205
市场营销部:0551-62903198
开　　本 710 毫米×1010 毫米 1/16
印　　张 10.75
字　　数 106 千字
版　　次 2017 年 7 月第 1 版
印　　次 2017 年 7 月第 1 次印刷
印　　刷 安徽联众印刷有限公司
书　　号 ISBN 978-7-5650-3468-8
定　　价 28.00 元